増成栗人句集

令和俳句叢書

草蜉蝣

KUSAKAGERO
MASUNARI KURITO

ふらんす堂

目次

百日百座　平成二十七年……………5
浦 日 和　平成二十八年……………23
自問自答　平成二十九年……………51
会者定離　平成三十年……………75
寒山拾得　平成三十一年・令和元年……103
鴨 上 戸　令和二年……………129
五風十雨　令和三年……………159
あとがき……………179
初句索引……………183
季語索引……………187

句集　草蜉蝣

百日百座

平成二十七年

舟入に百の帆柱南吹く

耳のみが生き炎天の底にゐる

考への纏るまでを緑陰に
箸置に箸たなばたの夜のしじま

みんみんの樹の裏側の淋しさよ

野牡丹に屈めば母の声がする

虫篝焚くには闇の深すぎる
沼空忌なりしんしんとカシオペア

葭五位の巣に八月の風の音

鵜の翔けよ翔けよ前方後円墳

仏具屋の軒に干さるる鷹の爪

鶫来よ小さき水輪の十重二十重

渺々と沖あり鷹の渡るころ

神送る日なり狐の嫁入りが

一切を捨てよ捨てよと葭切は

鶏頭を数へて子規の忌を数ふ

麦茶冷ややそか盆道の草刈ろか

これ以上寄ればば火の付く草紅葉

柿簾日の滞るところなし

穴八幡一樹に秋のかたつむり

遠出せよ遠出せよとて鶫鳴く

十五夜の月光の差す文机

冬瓜のごろごろと鳥羽僧正忌

水かげろふとは初冬の万華鏡

熱田への渡しに冬の鵙の声

船津屋の戸口にふはと雪螢

焼蛤食うべよ冬の立ちたれば

標本の蝶の百体冬がくる

日の短まだ使はざる筆と墨

雪来るか杣の一戸の煙出し

炭継がなまろまろと山眠りゐる

冬の鵙百日百座の寺にかな

浦日和

平成二十八年

太夫ゆき才蔵のゆく切通し

友禅の絵師とひととき日の短

雪螢束の間といふ刻のあり

梅真白るをんるをんと琴の音

蜷の道これほどありて蜷を見ず
杭一本あれば鵜がくる春がくる

蕨ぜんまいみちのくといふ歌枕

草朧耳を大きくしてゐたり

うつくしき詩が欲し蛙鳴く夜は

大寺の畳に拾ふ花の塵

野を焼いて来しと男が嗽ぐ

いちにちを遊子となりて花の下

六畳に子規の自画像ひかた吹く

僧一人攫うてゆきし花吹雪

蝌蚪に紐人に絆のありにけり

鷹鳩と化す日を妻の墓へゆく

仏生会つつつと栗鼠の走り去る

蛇衣を脱ぐとき風の生まれけり

ずぶ濡れの空あり泰山木の花

文一つ文箱に戻す菜種梅雨

草蜉蝣昼月淡く山の端に

梅雨茸ほつほつ妻の忌の過ぎる

とんばうの羽化の終始を水田べり

蟷螂の子が散る風に乗りて散る

蟻地獄とはうつくしき砂の城

蟬の羽化ほとけの山の明けぬうち

鴫焼きの茄子食うべよと山の寺

上簇の里にしばしの狐雨

麓とは菜殻豆殻焚くところ

青柿山房しなやかに瑠璃鶲

草笛を短く吹いて浦日和

芋水車ことりと里の日が暮る

尺蠖に歩幅といふはなかりけり

一笙の音が一山の秋を呼ぶ

檀林に机が三つ雨季に入る

杉戸絵の鷹が目を剝く朱夏の寺

藪蚊打ち虻打ち上総一の宮

林中に啄木鳥のくるいつものの樹

何処からも見えぬ岬鼻の鷹一羽

空海の寺の籬に藪柑子

林中の一樹一樹に冬の黙

火を焚かな近江も奥の月の背戸

枯蓮にありとせば枯るる音
百枚の田に百枚の冬の色

鳥けもの眠らせて山眠りゐる

馬鹿一生冬の泉に嗽ぐ

杵と臼洗ひて干して日の短

両の手をからつぽにして枯木山

ノーサイドの笛あたたかき枯芝に
煮凝を崩し一人といふ時間

眠る山あり眠らざる川の音

マラソンの走者に深き鷹の天

自問自答

平成二十九年

臼飾る一戸一戸が峡の里
的を射し音が淑気を放ちけり

雪見障子閉めても届く雪明り

源義の墓に二月の雪が降る

ねんごろに日を集めては藪柑子

木彫の釈迦のまなざし日の短

炉火爆ぜよ自問自答のまだ途中

空咳をして涅槃会の寺にゐる

いささかの雨と筍流しかな

花篝夜に入りてより雨となる

雲雀には高き空あり放哉忌

一冬を越したる桑を解きけり

魚島が三好達治の忌の沖に
つぎはぎの風の来てゐる苗障子

菜殻火の立つころ繭の育つころ

野焼見し手をざぶざぶと洗ひけり

草蜉蝣九鬼水軍の島にかな

蜑が網繕うて夏たけなはに

人麻呂の碑よぎしぎしの伸び放題

島蔭の真珠筏に夏の雨

つばめつばくろ三尺の蜑小路

神籬の島へ寄せくる葉月潮

炎天の真つ只中といふ孤独

蟬しぐれ九鬼水軍の墓どころ

篁の風は言の葉蚊遣焚く

蟇鳴いて山のけぶらふほどの雨

猩々袴ほととと日の暮れかかる

蒲が穂となるとんばうが風となる

稿継がな四万六千日の宵

存念の色に一樹の烏瓜

豆柿のころころ草加宿の寺

黄落の明るき黙を作りけり

一人づつ来て芒野の風となる

鶏頭にざらざらと雨来てゐたり

山頭火の色かもしれぬ吾亦紅

冬瓜をもつともらしく抱いてくる

大和三山眠れるほどの山でなし

己が丈尽して冬の樹となれり

歌びとの道の傍への雪螢

粥を煮て阿波野青畝の忌なりけり

魚市の端に研師のゐて小春

啄木鳥に山の機嫌を問うてみる

一木に一草に日の差して冬

龍の玉息は静かにあるべかり

会者定離

平成三十年

一月の雪が御陵を包みけり

なまはげが来るぞ梟の鳴く夜は

一志まだ捨てず氷柱をぽきと折る

大寒小寒抱ふるほどのものが欲し

雪積んで積んでこれより伊達の国

にほどりの息の長さを計りゐる

蔵王山麓ところどころの霜くすべ

人と逢ひ人と別るる梅二月

野火駈けよ駈けよ日暮れの来ぬうちに

弥生三月背らの藪に雨の跡

すみれたんぽぽ隠れ入江の舟の数
月齢は十三雁の帰るころ

埴輪百体墳に弥生の雨が降る

負鶏の伏籠に山の日が溜る

遠野火は凡の一日の絵空ごと
それぞれに来てそれぞれが花に寄る

花どきの猿若三座雨しきり

弥次郎兵衛つつきて遅き日でありぬ

花に憑かれ花に疲れてゐる夕べ

陀羅尼助買うて八十八夜寒

六月の海は蒼さを尽くしけり

風鈴の音が六人河岸の音

草叢にゐる筈のなき蝸牛

文机にまだからつぽの螢籠

鎌研いで麦生の風を生みにけり

一瀑の音の中なる山ざくら

足湯して宇陀も奥なる鮎の宿

国栖人にやさしく円座すすめらる

刀鍛冶の女房といふ涼しさよ

休日の火床《ほど》にかすかな夏の塵

石鼎庵晩夏の風を通しけり

草蔭を出でぬ草蜉蝣の昼

雁来月野鍛冶の鞴あかあかと

鬼房の碑に山の音瀧の音

山頭火句碑のまひまひつぶりかな

夜は秋の経木に包む山のもの

切支丹燈籠へ飛ぶ草の絮

雨来るか蟇は喉をふくらます

付けて来し一揆の里のゐのこづち

あららぎの実よ存問の風の音

会者定離十六夜の月青ければ

登四郎の碑にうつすらと霜柱

詩ごころの十人十色鵙鳴けり

柿の葉鮓食うべ吉野の土用入

漉小屋に置く焼酎の二階堂

鉈彫りの弥勒の寺に冬の蠅

萩尾花風を一つにしてゐたり

居待立待寝待の月よ稿を継ぐ

霜柱踏み源義よ桂郎よ
また一人去つて一人となる枯野

動かざる海鼠に遠き沖があり

近江八幡曼陀羅の雪が降る

寒山拾得

平成三十一年・令和元年

普段着で詣でて年を迎へけり

津軽三味線耳にこれほど雪積めば

心せよ寒九の水を硯海に
寒林にゐて寒林の声を聞く

欠伸して伸びして良寛忌の夕べ

あつけなく雪となりたる関ケ原

手の届くところに寒の紅梅が

梅二月嗽ぐ水やはらかし

林蔵の墓のほとりの霜くすべ
陽炎の揺らぎと呼気を合はせけり

枯蘆となりし水辺のあたたかし

うつくしく猛りて野火の走る走る

百畳に一人で座して菜種梅雨

磯開くたたたみ鰯を焙りては

蝶が蝶追うて吉祥天の午後

諸葛菜もの思ふにはよき日向

卯の花腐し三日二夕夜の旅に出る

木曽三十里まくなぎの立つところ

岩魚焼き中仙道の狐雨

乗り継いで春蚕の眠る里にゐる

木の芽田楽ときをり雨の強くなる

蒲の穂の百が百羽の鳥となる

奉納の妻籠土雛ひかた吹く

雨どきの脇本陣の夏炉焚く

旅籠名の袴行灯緑雨くる

網ほほづき辻の薬師に日の溜る

寒山拾得滴るほどの楢若葉

水に明け水に暮れゆく螢沢

月光が降る藤村の墓へ降る
母よ妻よ鵲の橋渡り来よ

蛇の衣ゆらゆら四万六千日

草笛に草笛をもて応へけり

晩秋の蝶よお前も白樺派

志賀直哉旧居蓑虫ずぶ濡れに

茄子の馬歳月は人待たぬとは
山坂は越ゆものの雁が列を組む

宇治十帖二夕夜続きの天の川

鴨の来て鳲来て神の戻り来て

蘆刈りの残してゆきし焚火跡

近江はも啄木鳥が樹を叩く音

甘露煮を買うて十万石の冬

源義忌鴻司忌秋の澄むことよ

枝打ちの手斧の音の続けざま

抛られて受けて藁塚積まれゆく

蜑小屋に竹瓮が七つ年の暮

鴨の陣崩れてはまた鴨の陣

二句一章冬の蓑虫揺れもせず

鴨上戸

令和二年

一月一日落款の朱のうつくしき
ぽつぺんの音がふるさとの音となる

野のものを野に返し雪降り積る
いちにちを机座にひとりの冬の暮

一椀の粥へと落とす寒卵

鰐口を二度やはらかく打つて冬

嗽ぐとき笹鳴きのはたと熄む

仏百体ひとかたまりに冬日向

塩地蔵こつんこつんと春がくる

あかときの茶山に焚ける霜くすべ

陵の実生のくぬぎ春の雪

建国日硯海に水継ぎ足して

春よ春人に遅れて野を歩く

還らざる谺が一つ仏生会

いちめんの菜の花に雨そして雨
釈迦生れし日なり遠くの山を見る

前をゆく蝶よ雀よ島遍路

蝌蚪は浮くべし句作りは深むべし

ふらここに座しふらここの風を聴く
猩々袴ひとりふたりと立ち止まる

まひまひつぶり雨の一と日の九段坂

愛鳥週間ならば一人で森へゆく

人恋ふや草笛を吹き草矢打ち

茶粥食うべよ斑鳩の送り梅雨

ゆうらりとゆらりと投網打つ里に
草蜉蝣やはらかな雨来てゐたり

一山一寺魚板打つ音の涼しかり

徳川の廟所の藪蚊打ちにけり

金剛界胎蔵界も虹の中

一筆写経郭公の声ひとしきり

ほうたるほたる月日あらかた遠くなる

上簇の村に大きな喪が一つ

炎天に切字といふはなかりけり

梅を干す筵三枚婆一人

芋水車羽後も奥なる里にゐる

象潟の雨の鴨上戸かな

十人の十人が吹く草の笛

網ほほづき昔噺に鬼の出て

草虱とは畦道を来し証し

草刈つて刈つて盆道作りけり

鷹の羽芒午後より雨になると言ふ

蓑虫をつつき沼空忌の夕べ

ばつたんこ寝息のやうな風の来て

存問の色でありけり鷹の爪

穏やかな日なり狐の剃刀が

火を焚かな山へと熊の戻るころ

お神楽のたうたうたらりたらり冬

山路来て鬼の捨子の鳴く夜かな

人恋ひの火種のやうな藪柑子

誰彼のこと綿虫の飛ぶは飛ぶは

一服の茶を所望して日向ぼこ

五百羅漢一体ごとの冬の黙

檀林の寺の日向の冬紅葉

注連を綯ふ男が五人山に雪

綿虫の重さよ空の重たさよ

五風十雨

令和三年

大旦松籟の音が燈台に
筆擱いてあかあかと年改まる

米寿とは老いの振り出し藪柑子

ぽつぺんがそのまま母の手文庫に

半ばまで氷瀑となる四度の瀧

菰巻の一樹一樹のあたたかし

淋しげな冬の桜の幹の瘤

五風十雨遮るもののなき枯野

余寒なほわけても風の仏みち

枯野とは風の息づくところなり

瓜坊の来よあたたかき冬なれば

石蹴つて冬眠の蛇起こすなよ

ふはりふうはりひらりはらりと春の雪

蝌蚪生れて生れて日向の戻りくる

花菜どき何も持たざる手を洗ふ

振り向けば椿の落ちただけのこと

母郷てふほどのものなし蜷の道

さくらまたさくら一日遍路なり

百千鳥耳あたらしくしてゐたり

桑解くや紬の里へゆく途中

魚鼓打つて疵一つなき春の天

土佐水木穏やかに日の暮れてゆく

夏来るか樹の幹に触れ瘤に触れ
ちりぢりとなり雲雀野の風となる

父ひとり子ひとり雛の日の夕べ

爪切つて暮るるに遅き日でありぬ

日雀山雀寺の円座の固きこと
若狭への峠の茶屋の吹流し

野へ出でよ夏百日の始まりぬ

来歴の川を眼下に草の笛

小げら赤げら林中に黙深めけり

紫烟草舎へ来よ四十雀鳴きに来よ

日も風も雨も明るき麦の秋

写経して畳一枚分の夏

ほうたるの火はほうたるの息遣ひ
斑猫の失せたるあとの淋しさよ

あとがき

草蜉蝣は透明な美しき羽を持つ緑色の小さな昆虫。日のあるうちは草蔭にいて、夕方になると人里に現れる。卵から成虫となり命を全うするまで三、四ヶ月と聞くが、成虫になっては一日の寿命と言う人もいる。そのこともあってか実に儚い昆虫である。

私は第三句集『遍歴』のあとの七年間の作品・三百十八句を収録した第四句集にこの題を選んだ。私の俳句の多くは旅や近郊の吟行で為した作品。生活俳句は余り多くはない。この旅の多くで得た体験は、一期一会のその土地への親しみであり、その土地が持つ讃歌であり、その土地の美しく儚き歴史への回顧であったと思っている。それをどう己が息遣いとして打ち出せるか、熟慮の上、この「草蜉蝣」を書名とすることと決めた。

ために句の配列はおおよそが作句順である。しかし、三日、四日の旅ともなれば、季を外れて咲く花もあれば鳴く鳥もいる。土地によっては季を越えての暮らしの風情もある。ゆえに正確には季節順となってはいない。それでよしとしている。

私も米寿。しかしまだ自分の俳句は見えてこない。老いたれど老いたなりの静かな青春性を追求してゆきたいと考えている。

令和三年十月吉日

増成栗人

著者略歴

増成栗人（ますなり・くりと）

昭和８年　大阪府池田市生。昭和30年より句作を始める。
昭和31年　「鴫」入会。田中午次郎に師事。
昭和33年　「鴫新人賞」受賞。
昭和36年　「鴫」解散。同人誌「氷点」創刊。37年「氷点」廃刊。
昭和37年　「河」入会。角川源義に師事。
昭和39年　「河新人賞」受賞。「河」同人。
昭和55年　「河賞」受賞。「河」当月集同人。
平成12年　「河秋燕賞」受賞。
平成15年　「河」同人会長。
平成17年　「河」退会。
平成18年　「鴻」創刊主宰。

現在　「鴻」主宰、公益社団法人俳人協会顧問、同千葉県支部顧問、日本現代詩歌文学館振興会評議員、千葉県俳句作家協会副会長、市川市俳句協会顧問、松戸市俳句連盟顧問。

句集に『燠』『逍遙』『遍歴』

現住所　〒270-0176　千葉県流山市加3丁目6-1　一番館907

●初句索引

あ行

愛鳥週間　一四一
青柿山房　三九
あかときの　一三五
欠伸して　一〇七
蘆刈りの　一二四
足湯して　九〇
あつけなく　一〇七
熱田への　一九
穴八幡　一六
蜑が網　六一
蜑小屋に　一二七
網ほほづき
—辻の薬師に　一一七
—昔噺に　一四九
雨来るか　九五
雨どきの　一一六
あららぎの　九六
蟻地獄とは　三七
いささかの　五七
石蹴つて　一六六
磯開く　一一一
一月一日　一三一
一月の　七七
いちにちを
—遊子となりて　三〇
—机座にひとりの　一三二
一瀑の　八九
一木に　七四
いちめんの　一三八
一切を　一四
一山一寺　一四四
一志まだ　七八
一笙の　四一
一筆写経　一四五
一服の　一五六
居待立待　一〇〇
芋水車
—ことりと里の　四〇
—羽後も奥なる　一四八
岩魚焼き　一一四
魚市の　七三
魚島が　五九
動かざる　一〇二
宇治十帖　一二三
臼飾る　五三
杵と臼　四八
歌びとの　七二
うつくしき　二九
うつくしく　一一〇
鵜の翔けよ　一一
卯の花腐し　一一三
梅二月　一〇八
梅真白　二六
梅を干す　一四七
瓜坊の　一六六
会者定離　九七
枝打ちの　一二六
炎天に　一四七
炎天の　六四
近江八幡　一〇二
近江はも　一二四
大旦　一六一
大寒小寒　七八
大寺の　二九
お神楽の　一五四
穏やかな　一五三
鬼房の　九三
己が丈　七一

か行

還らざる　一三七
柿簾　一六
柿の葉鮓　九八
陽炎の　一〇九
刀鍛冶の　九一
蝌蚪生れて　一六七
蝌蚪に紐　三二
蝌蚪は浮くべし　一三九

さ行

季語索引

あ 行

愛鳥週間【あいちょうしゅうかん】（夏）

愛鳥週間ならば一人で森へゆく　一四一

秋【あき】（秋）

穴八幡一樹に秋のかたつむり　一六

一筅の音が一山の秋を呼ぶ　四一

秋の蝶【あきのちょう】（秋）

晩秋の蝶よお前も白樺派　一二一

秋の夜【あきのよ】（秋）

夜は秋の経木に包む山のもの　九四

蘆刈【あしかり】（秋）

蘆刈りの残してゆきし焚火跡　一二四

天の川【あまのがわ】（秋）

宇治十帖二夕夜続きの天の川　一二三

鮎【あゆ】（夏）

足湯して宇陀も奥なる鮎の宿　九〇

蟻地獄【ありじごく】（夏）

蟻地獄とはうつくしき砂の城　三七

碇星【いかりぼし】（秋）

迢空忌なりしんしんとカシオペア　一〇

十六夜【いざよい】（秋）

会者定離十六夜の月青ければ　九七

磯遊【いそあそび】（春）

磯開くたたみ鰯を焙りては　一一一

一位の実【いちいのみ】（秋）

あららぎの実よ存問の風の音　九六

一月【いちがつ】（冬）

一月の雪が御陵を包みけり　七七

牛膝【いのこづち】（秋）

付けて来し一揆の里のゐのこづち　九六

猪【いのしし】（秋）

瓜坊の来よあたたかき冬なれば　一六六

居待月【いまちづき】（秋）

居待立待寝待の月よ稿を継ぐ　一〇〇

芋【いも】（秋）

芋水車ことりと里の日が暮るる　四〇

芋水車羽後も奥なる里にゐる　一四八

岩魚【いわな】（夏）

岩魚焼き中仙道の狐雨　一一四

鵜【う】（夏）
鵜の翔けよ翔けよ前方後円墳　二

卯の花腐し【うのはなくたし】（夏）
卯の花腐し三日二夕夜の旅に出る　一二三

梅【うめ】（春）
梅真白るをんるをんと琴の音　二六
人と逢ひ人と別るる梅二月　八〇
梅二月嗽ぐ水やはらかし　一〇八

梅干【うめぼし】（夏）
梅を干す筵三枚婆一人　一四七

枝打【えだうち】（冬）
枝打ちの手斧の音の続けざま　一三六

円座【えんざ】（夏）
国栖人にやさしく円座すすめらる　九〇

炎天【えんてん】（夏）
耳のみが生き炎天の底にゐる　七
炎天の真つ只中といふ孤独　六四
炎天に切字といふはなかりけり　一四七

送り梅雨【おくりづゆ】（夏）
茶粥食うべよ斑鳩の送り梅雨　一四二

お玉杓子【おたまじゃくし】（春）
蝌蚪に紐人に絆のありにけり　二三
蝌蚪は浮くべし句作りは深むべし　一三九
蝌蚪生れて生れて日向の戻りくる　一六七

朧【おぼろ】（春）
草朧耳を大きくしてゐたり　二八

か行

蚊【か】（夏）
藪蚊打ち虻打ち上総一の宮　四三
徳川の廟所の藪蚊打ちにけり　一四四

蚕【かいこ】（春）
乗り継いで春蚕の眠る里にゐる　一一四

神楽【かぐら】（冬）
お神楽のたうたうたらりたらり冬　一五四

陽炎【かげろう】（春）
陽炎の揺らぎと呼気を合はせけり　一〇九

鵲の橋【かささぎのはし】（秋）
母よ妻よ鵲の橋渡り来よ　一一九

飾臼【かざりうす】（新年）
臼飾る一戸一戸が峡の里　五三

蝸牛【かたつむり】（夏）
草叢にゐる筈のなき蝸牛　八八

郭公【かっこう】(夏)
一筆写経郭公の声ひとしきり　一四五
蒲の穂【がまのほ】(夏)
蒲が穂となるとんばうが風となる　六六
蒲の穂の百が百羽の鳥となる　一二五
神の旅【かみのたび】(冬)
神送る日なり狐の嫁入りが　一三
神迎え【かみむかえ】(冬)
鴨の来て鳰来て神の戻り来て　一二三
鴨【かも】(冬)
鴨の陣崩れてはまた鴨の陣　一二七
蚊遣火【かやりび】(夏)
篁の風は言の葉蚊遣焚く　六五
烏瓜【からすうり】(秋)
存念の色に一樹の烏瓜　六七
雁【かり】(秋)
山坂は越ゆもの雁が列を組む　一二二
枯蘆【かれあし】(冬)
枯蘆となりし水辺のあたたかし　一一〇
枯芝【かれしば】(冬)
ノーサイドの笛あたたかき枯芝に　四九
枯野【かれの】(冬)
また一人去つて一人となる枯野　一〇一
五風十雨遮るもののなき枯野　一六四
枯野とは風の息づくところなり　一六五
枯蓮【かれはす】(冬)
枯蓮に音ありとせば枯るる音　四六
蛙【かわず】(春)
うつくしき詩が欲し蛙鳴く夜は　二九
元日【がんじつ】(新年)
一月一日落款の朱のうつくしき　一三一
寒卵【かんたまご】(冬)
一椀の粥へと落とす寒卵　一三三
元朝【がんちょう】(新年)
大旦松籟の音が燈台に　一六一
寒の水【かんのみず】(冬)
心せよ寒九の水を硯海に　一〇六
寒梅【かんばい】(冬)
手の届くところに寒の紅梅が　一〇八
寒林【かんりん】(冬)
寒林にゐて寒林の声を聞く　一〇六
帰雁【きがん】(春)
月齢は十三雁の帰るころ　八二

羊蹄【ぎしぎし】（春）
人麻呂の碑よぎしぎしの伸び放題　六三
啄木鳥【きつつき】（秋）
林中に啄木鳥のくるいつもの樹　四三
啄木鳥に山の機嫌を問うてみる　七三
近江はも啄木鳥が樹を叩く音　一二四
小げら赤げら林中に黙深めけり　一七六
狐の剃刀【きつねのかみそり】（夏）
穏やかな日なり狐の剃刀が　一五三
草蜉蝣【くさかげろう】（夏）
草蜉蝣昼月淡く山の端に　三五
草蜉蝣九鬼水軍の島にかな　六一
草蔭を出でぬ草蜉蝣の昼　九二
草蜉蝣やはらかな雨来てゐたり　一四三
草の穂【くさのほ】（秋）
切支丹燈籠へ飛ぶ草の絮　九五
草笛【くさぶえ】（夏）
草笛を短く吹いて浦日和　四〇
草笛に草笛をもて応へけり　一二〇
人恋ふや草笛を吹き草矢打ち　一四二
十人の十人が吹く草の笛　一四九
来歴の川を眼下に草の笛　一七五
草紅葉【くさもみじ】（秋）
これ以上寄れば火の付く草紅葉　一五
草矢【くさや】（夏）
人恋ふや草笛を吹き草矢打ち　一四二
熊【くま】（冬）
火を焚かな山へと熊の戻るころ　一五三
桑解く【くわとく】（春）
一冬を越したる桑を解きけり　五八
桑解くや紬の里へゆく途中　一七〇
鶏頭【けいとう】（秋）
鶏頭を数へて子規の忌を数ふ　一四
鶏頭にざらざらと雨来てゐたり　六九
建国記念日【けんこくきねんび】（春）
建国日硯海に水継ぎ足して　一三六
源義忌【げんよしき】（秋）
源義忌鴻司忌秋の澄むことよ　一三五
鯉幟【こいのぼり】（夏）
若狭への峠の茶屋の吹流し　一七四
鴻司忌【こうじき】（秋）
源義忌鴻司忌秋の澄むことよ　一三五
黄落【こうらく】（秋）
黄落の明るき黙を作りけり　六八

小春【こはる】(冬)
魚市の端に研師のゐて小春　七三

さ 行

桜【さくら】(春)
さくらまたさくら一日遍路なり　一六九
笹鳴【ささなき】(冬)
嗽ぐとき笹鳴きのはたと熄む　一三四
寒し【さむし】(冬)
大寒小寒抱ふるほどのものが欲し　七八
四十雀【しじゅうから】(夏)
紫烟草舎へ来よ四十雀鳴きに来よ　一七六
信濃柿【しなのがき】(秋)
豆柿のころころ草加宿の寺　六八
四万六千日【しまんろくせんにち】(夏)
稿継がな四万六千日の宵　六七
蛇の衣ゆらゆら四万六千日　一二〇
注連作【しめづくり】(冬)
注連を綯ふ男が五人山に雪　一五七
霜くすべ【しもくすべ】(春)
蔵王山麓ところどころの霜くすべ　八〇
林蔵の墓のほとりの霜くすべ　一〇九
あかときの茶山に焚ける霜くすべ　一三五
霜柱【しもばしら】(冬)
登四郎の碑にうつすらと霜柱　九七
霜柱踏み源義よ桂郎よ　一〇一
尺蠖【しゃくとり】(夏)
尺蠖に歩幅といふはなかりけり　四一
淑気【しゅくき】(新年)
的を射し音が淑気を放ちけり　五三
障子【しょうじ】(冬)
雪見障子閉めても届く雪明り　五四
猩々袴【しょうじょうばかま】(春)
猩々袴ほとほとと日の暮れかかる　六六
猩々袴ひとりふたりと立ち止まる　一四〇
上蔟【じょうぞく】(夏)
上蔟の里にしばしの狐雨　三八
上蔟の村に大きな喪が一つ　一四六
焼酎【しょうちゅう】(夏)
漉小屋に置く焼酎の二階堂　九九
諸葛菜【しょかっさい】(春)
諸葛菜もの思ふにはよき日向　一一三
新年【しんねん】(新年)
普段着で詣でて年を迎へけり　一〇五

筆擱いてあかあかと年改まる　一六一

薄【すすき】（秋）
一人づつ来て芒野の風となる　六九
萩尾花風を一つにしてゐたり　一〇〇
鷹の羽芒午後より雨になると言ふ　一五一

涼し【すずし】（夏）
刀鍛冶の女房といふ涼しさよ　九一
一山一寺魚板打つ音の涼しかり　一四四

菫【すみれ】（春）
すみれたんぽぽ隠れ入江の舟の数　八二

青畝忌【せいほき】（冬）
粥を煮て阿波野青畝の忌なりけり　七二

蟬【せみ】（夏）
みんみんの樹の裏側の淋しさよ　九
蟬の羽化ほとけの山の明けぬうち　三七
蟬しぐれ九鬼水軍の墓どころ　六四

薇【ぜんまい】（春）
蕨ぜんまいみちのくといふ歌枕　二八

添水【そうず】（秋）
ばつたんこ寝息のやうな風の来て　一五二

た行

泰山木の花【たいさんぼくのはな】（夏）
ずぶ濡れの空あり泰山木の花　三四

鷹【たか】（冬）
何処からも見え岬鼻の鷹一羽　四四
マラソンの走者に深き鷹の天　五〇

鷹化して鳩と為る【たかかしてはととなる】（春）
鷹鳩と化す日を妻の墓へゆく　三三

鷹渡る【たかわたる】（秋）
渺々と沖あり鷹の渡るころ　一三

滝【たき】（夏）
鬼房の碑に山の音瀧の音　九三

筍流し【たけのこながし】（夏）
いささかの雨と筍流しかな　五七

立待月【たちまちづき】（秋）
居待立待寝待の月よ稿を継ぐ　一〇〇

達治忌【たつじき】（春）
魚島が三好達治の忌の沖に　五九

七夕【たなばた】（秋）
箸置に箸たなばたの夜のしじま　八

短日【たんじつ】（冬）
日の短まだ使はざる筆と墨　一二
友禅の絵師とひととき日の短　二五
杵と臼洗ひて干して日の短　四八
木彫の釈迦のまなざし日の短　五五
蒲公英【たんぽぽ】（春）
すみれたんぽぽ隠れ入江の舟の数　八二
遅日【ちじつ】（春）
弥次郎兵衛つつきて遅き日でありぬ　八五
爪切つて暮るるに遅き日でありぬ　一七三
蝶【ちょう】（春）
蝶が蝶追うて吉祥天の午後　一一二
前をゆく蝶よ雀よ島遍路　一三九
沼空忌【ちょうくうき】（秋）
沼空忌なりしんしんとカシオペア　一〇
蓑虫をつつき沼空忌の夕べ　一五一
月【つき】（秋）
火を焚かな近江も奥の月の背戸　四五
月光が降る藤村の墓へ降る　一一九
鶫【つぐみ】（秋）
鶫来よ小さき水輪の十重二十重　三
遠出せよ遠出せよとて鶫鳴く　一七
椿【つばき】（春）
振り向けば椿の落ちただけのこと　一六八
燕【つばめ】（春）
つばめつばくろ三尺の蜑小路　六三
梅雨茸【つゆだけ】（夏）
梅雨茸ほつほつ妻の忌の過ぎる　三五
氷柱【つらら】（冬）
一志まだ捨てず氷柱をぽきと折る　七八
田楽【でんがく】（春）
木の芽田楽ときをり雨の強くなる　一二五
投網【とあみ】（夏）
ゆうらりとゆらりと投網打つ里に　一四三
冬瓜【とうが】（秋）
冬瓜のごろごろと鳥羽僧正忌　一八
冬瓜をもつともらしく抱いてくる　七〇
唐辛子【とうがらし】（秋）
仏具屋の軒に干さるる鷹の爪　一二
存問の色でありけり鷹の爪　一五二
冬眠【とうみん】（冬）
石蹴つて冬眠の蛇起こすなよ　一六六
土佐水木【とさみずき】（春）
土佐水木穏やかに日の暮れてゆく　一七一

年の暮【としのくれ】（冬）
蜑小屋に竹瓮が七つ年の暮　一二七
鳥羽僧正忌【とばそうじょうき】（秋）
冬瓜のごろごろと鳥羽僧正忌　一八
土用【どよう】（夏）
柿の葉鮓食うべ吉野の土用入　九八
鶏合【とりあわせ】（春）
負鶏の伏籠に山の日が溜る　八三
蜻蛉【とんぼ】（秋）
とんばうの羽化の終始を水田べり　三六
蟷螂生る【とんぼうまる】（夏）
蟷螂の子が散る風に乗りて散る　三六

な　行

苗床【なえどこ】（春）
つぎはぎの風の来てゐる苗障子　五九
茄子【なす】（夏）
鴫焼きの茄子食うべよと山の寺　三八
茄子の馬【なすのうま】（秋）
茄子の馬歳月は人待たぬとは　一一三
菜種刈【なたねがり】（夏）
簏とは菜殻豆殻焚くところ　三九
菜殻火の立つころ繭の育つころ　六〇
菜種梅雨【なたねづゆ】（春）
文一つ文箱に戻す菜種梅雨　三四
百畳に一人で座して菜種梅雨　一一
夏【なつ】（夏）
杉戸絵の鷹が目を剝く朱夏の寺　四二
蜑が網繕うて夏たけなはに　六二
休日の火床にかすかな夏の塵　九一
野へ出でよ夏百日の始まりぬ　一七五
写経して畳一枚分の夏　一七七
夏の雨【なつのあめ】（夏）
島蔭の真珠筏に夏の雨　六三
旅籠名の袴行灯緑雨くる　一一七
夏炉【なつろ】（夏）
雨どきの脇本陣の夏炉焚く　一一六
菜の花【なのはな】（春）
いちめんの菜の花に雨そして雨　一三八
花菜どき何も持たざる手を洗ふ　一六八
海鼠【なまこ】（冬）
動かざる海鼠に遠き沖があり　一〇二
なまはげ【なまはげ】（新年）
なまはげが来るぞ梟の鳴く夜は　七七

鳰【にお】（冬）
にほどりの息の長さを計りゐる　七九
煮凝【にこごり】（冬）
煮凝を崩し一人といふ時間　四九
虹【にじ】（夏）
金剛界胎蔵界も虹の中　一四五
蜷【にな】（春）
蜷の道これほどありて蜷を見ず　二七
母郷てふほどのものなし蜷の道　一六九
涅槃会【ねはんえ】（春）
空咳をして涅槃会の寺にゐる　五六
野牡丹【のぼたん】（夏）
野牡丹に屈めば母の声がする　九
野焼【のやき】（春）
野を焼いて来しと男が嗽ぐ　三〇
野焼見し手をざぶざぶと洗ひけり　六〇
野火駈けよ駈けよ日暮れの来ぬうちに　八一
遠野火は凡の一日の絵空ごと　八四
うつくしく猛りて野火の走る走る　一一〇

は行

萩【はぎ】（秋）
萩尾花風を一つにしてゐたり　一〇〇
八月【はちがつ】（秋）
葭五位の巣に八月の風の音　二
八十八夜【はちじゅうはちや】（春）
陀羅尼助買うて八十八夜寒　八六
葉月【はづき】（秋）
雁来月野鍛冶の鞴あかあかと　九三
初潮【はつちょう】（秋）
神籬の島へ寄せくる葉月潮　六三
初冬【はつふゆ】（冬）
水かげろふとは初冬の万華鏡　一八
花【はな】（春）
いちにちを遊子となりて花の下　三〇
花篝【はなかがり】（春）
花篝夜に入りてより雨となる　五七
花疲【はなづかれ】（春）
花に憑かれ花に疲れてゐる夕べ　八六
花時【はなどき】（春）
花どきの猿若三座雨しきり　八五

花祭【はなまつり】（春）
釈迦生れし日なり遠くの山を見る　一二八
花見【はなみ】（春）
それぞれに来てそれぞれが花に寄る　八四
春【はる】（春）
春よ春人に遅れて野を歩く　一三七
春の空【はるのそら】（春）
魚鼓打つて疵一つなき春の天　一七一
春の雪【はるのゆき】（春）
源義の墓に二月の雪が降る　五四
陵の実生のくぬぎ春の雪　一三六
ふはりふうはりひらりはらりと春の雪　一六七
晩夏【ばんか】（夏）
石鼎庵晩夏の風を通しけり　九二
斑猫【はんみょう】（夏）
斑猫の失せたるあとの淋しさよ　一七八
ひかた【ひかた】（夏）
六畳に子規の自画像ひかた吹く　三一
奉納の妻籠土雛ひかた吹く　一一六
日雀【ひがら】（夏）
日雀山雀寺の円座の固きこと　一七四
蟇【ひきがえる】（夏）
蟇鳴いて山のけぶらふほどの雨　六五
雨来るか蟇は喉をふくらます　九五
日向ぼこ【ひなたぼこ】（冬）
一服の茶を所望して日向ぼこ　一五六
雛祭【ひなまつり】（春）
父ひとり子ひとり雛の日の夕べ　一七三
雲雀【ひばり】（春）
ちりぢりとなり雲雀野の風となる　一七二
鵯上戸【ひよどりじょうご】（秋）
象潟の雨の鵯上戸かな　一四八
風鈴【ふうりん】（夏）
風鈴の音が六人河岸の音　八七
臥待月【ふしまちづき】（秋）
居待立待寝待の月よ稿を継ぐ　一〇〇
仏生会【ぶっしょうえ】（春）
仏生会つつつと栗鼠の走り去る　三三
還らざる谺が一つ仏生会　一三七
冬【ふゆ】（冬）
林中の一樹一樹に冬の黙　四五
百枚の田に百枚の冬の色　四六
一木に一草に日の差して冬　七四

甘露煮を買うて十万石の冬　一二五
二句一章冬の蓑虫揺れもせず　一二八
鰐口を二度やはらかく打つて冬　一三三
お神楽のたうたうたらりたらり冬　一五四
五百羅漢一体ごとの冬の黙　一五六
冬木【ふゆき】（冬）
己が丈尽して冬の樹となれり　七一
冬桜【ふゆざくら】（冬）
淋しげな冬の桜の幹の瘤　一六四
冬の泉【ふゆのいずみ】（冬）
馬鹿一生冬の泉に嗽ぐ　四七
冬の暮【ふゆのくれ】（冬）
いちにちを机座にひとりの冬の暮　一三一
冬の滝【ふゆのたき】（冬）
半ばまで氷瀑となる四度の瀧　一六三
冬の蝿【ふゆのはえ】（冬）
鉈彫りの弥勒の寺に冬の蝿　九九
冬の日【ふゆのひ】（冬）
仏百体ひとかたまりに冬日向　一三四
冬の鵙【ふゆのもず】（冬）
熱田への渡しに冬の鵙の声　一九
冬の鵙百日百座の寺にかな　三
冬の山【ふゆのやま】（冬）
両の手をからつぽにして枯木山　四八
冬紅葉【ふゆもみじ】（冬）
檀林の寺の日向の冬紅葉　一五七
ぶらんこ【ぶらんこ】（春）
ふらここに座しふらここの風を聴く　一四〇
蛇衣を脱ぐ【へびきぬをぬぐ】（夏）
蛇衣を脱ぐとき風の生まれけり　一三
放哉忌【ほうさいき】（春）
雲雀には高き空あり放哉忌　五八
鬼灯【ほおずき】（秋）
網ほほづき辻の薬師に日の溜る　一一七
網ほほづき昔噺に鬼の出て　一四九
干柿【ほしがき】（秋）
柿簾日の滞るところなし　一六
蛍【ほたる】（夏）
水に明け水に暮れゆく螢沢　一一八
ほうたるほたる月日あらかた遠くなる　一四六
ほうたるの火はほうたるの息遣ひ　一七八
蛍籠【ほたるかご】（夏）
文机にまだからつぽの螢籠　八八

ぽつぺん【ぽっぺん】（新年）
ぽつぺんの音がふるさとの音となる　一二一
ぽつぺんがそのまま母の手文庫に　一六二
盆路【ぼんみち】（秋）
麦茶冷やそか盆道の草刈ろか　一五
草刈つて刈つて盆道作りけり　一五〇

ま行

鼓虫【まいまい】（夏）
山頭火句碑のまひまひつぶりかな　九四
まひまひつぶり雨の一と日の九段坂　一四一
蠛蠓【まくなぎ】（夏）
木曽三十里まくなぎの立つところ　一一三
万歳【まんざい】（新年）
太夫ゆき才蔵のゆく切通し　二五
南風【みなみ】（夏）
舟入に百の帆柱南吹く　七
蓑虫【みのむし】（秋）
志賀直哉旧居蓑虫ずぶ濡れに　一二一
蓑虫をつつき沼空忌の夕べ　一五一
山路来て鬼の捨子の鳴く夜かな　一五四
麦【むぎ】（夏）
鎌研いで麦生の風を生みにけり　八九
麦の秋【むぎのあき】（夏）
日も風も雨も明るき麦の秋　一七七
虫篝【むしかがり】（夏）
虫篝焚くには闇の深すぎる　一〇
名月【めいげつ】（秋）
十五夜の月光の差す文机　一七
鵙【もず】（秋）
詩ごころの十人十色鵙鳴けり　九八
百千鳥【ももちどり】（春）
百千鳥耳あたらしくしてゐたり　一七〇

や行

藪柑子【やぶこうじ】（冬）
空海の寺の籬に藪柑子　四四
ねんごろに日を集めては藪柑子　五五
人恋ひの火種のやうな藪柑子　一五五
米寿とは老いの振り出し藪柑子　一六二
藪虱【やぶじらみ】（秋）
草虱とは畦道を来し証し　一五〇

藪巻【やぶまき】（冬）
菰巻の一樹一樹のあたたかし　一六二
山雀【やまがら】（夏）
日雀山雀寺の円座の固きこと　一七四
山桜【やまざくら】（春）
一瀑の音の中なる山ざくら　八九
山眠る【やまねむる】（冬）
炭継がなまろまろと山眠りゐる　二二
鳥けもの眠らせて山眠りゐる　四七
眠る山あり眠らざる川の音　五〇
大和三山眠れるほどの山でなし　七一
弥生【やよい】（春）
弥生三月背らの藪に雨の跡　八一
埴輪百体墳に弥生の雨が降る　八三
雪【ゆき】（冬）
雪見障子閉めても届く雪明り　五四
雪積んで積んでこれより伊達の国　七九
近江八幡曼陀羅の雪が降る　一〇二
津軽三味線耳にこれほど雪積めば　一〇五
あつけなく雪となりたる関ケ原　一〇七
野のものを野に返し雪降り積る　一三二
注連を綯ふ男が五人山に雪　一五七
雪催い【ゆきもよい】（冬）
雪来るか杣の一戸の煙出し　二一
余寒【よかん】（春）
余寒なほわけても風の仏みち　一六五
葭切【よしきり】（夏）
一切を捨てよ捨てよと葭切は　一四

ら　行

落花【らっか】（春）
大寺の畳に拾ふ花の塵　二九
僧一人攫うてゆきし花吹雪　三一
立夏【りっか】（夏）
夏来るか樹の幹に触れ瘤に触れ　一七二
立春【りっしゅん】（春）
杭一本あれば鵜がくる春がくる　二七
塩地蔵こつんこつんと春がくる　一三五
立冬【りっとう】（冬）
焼蛤食うべよ冬の立ちたれば　二〇
標本の蝶の百体冬がくる　二〇
竜の玉【りゅうのたま】（冬）
龍の玉息は静かにあるべかり　七四

良寛忌【りょうかんき】（春）
欠伸して伸びして良寛忌の夕べ　一〇七
緑蔭【りょくいん】（夏）
考への纏るまでを緑陰に　八
瑠璃鶲【るりびたき】（夏）
青柿山房しなやかに瑠璃鶲　三九
炉【ろ】（冬）
炉火爆ぜよ自問自答のまだ途中　五六
六月【ろくがつ】（夏）
六月の海は蒼さを尽くしけり　八七

わ行

若葉【わかば】（夏）
寒山拾得滴るほどの楢若葉　一八
綿虫【わたむし】（冬）
船津屋の戸口にふはと雪螢　一九
雪螢束の間といふ刻のあり　二六
歌びとの道の傍への雪螢　七二
誰彼のこと綿虫の飛ぶは飛ぶは　一五
綿虫の重さよ空の重たさよ　一五八
藁塚【わらづか】（秋）
抛られて受けて藁塚積まれゆく　一二六
蕨【わらび】（春）
蕨ぜんまいみちのくといふ歌枕　二八
吾亦紅【われもこう】（秋）
山頭火の色かもしれぬ吾亦紅　七〇

雑

檀林に机が三つ雨季に入る　四三

令和俳句叢書

句集　草蜉蝣

くさかげろう

二〇二二年四月二〇日第一刷
定価＝本体二八〇〇円＋税
●著者——増成栗人
●発行者——山岡喜美子
●発行所——ふらんす堂
〒一八二—〇〇〇二東京都調布市仙川町一—一五—三八—二F
TEL 〇三・三三二六・九〇六一　FAX 〇三・三三二六・六九一九
ホームページ http://furansudo.com/　E-mail info@furansudo.com
●装幀——和　兎
●印刷——日本ハイコム株式会社
●製本——株式会社松岳社

ISBN978-4-7814-1410-2 C0092 ¥2800E